Juan Baigén y Servin

Breve estudio sobre las lesiones de la mitad derecha del corazon: tesis inaugural para el examen profesional

Antigonos

Juan Baigén y Servin

Breve estudio sobre las lesiones de la mitad derecha del corazon: tesis inaugural para el examen profesional

Reimpresión del original, primera publicación en 1880.

1ª edición 2024 | ISBN: 978-3-38690-699-9

Antigonos Verlag es un sello de la Outlook Verlagsgesellschaft mbH.

Verlag (Editorial): Outlook Verlag GmbH, Zeilweg 44, 60439 Frankfurt, Deutschland
Vertretungsberechtigt (Representante autorizado): E. Roepke, Zeilweg 44, 60439 Frankfurt, Deutschland
Druck (Imprenta): Libri Plureos GmbH, Friedensallee 273, 22763 Hamburg, Deutschland

FACULTAD DE MEDICINA DE MEXICO.

BREVE ESTUDIO

SOBRE LAS LESIONES

—— DE LA ——

MITAD DERECHA DEL CORAZON

TESIS INAUGURAL

PARA EL EXAMEN PROFESIONAL

DE

JUAN BAIGÉN Y SERVIN

ALUMNO DE LA ESCUELA N. DE MEDICINA DE MEXICO.

MÉXICO
IMPRENTA POLIGLOTA.
1880.

BREVE ESTUDIO

SOBRE LAS LESIONES

—— DE LA ——

MITAD DERECHA DEL CORAZON.

TESIS INAUGURAL

PARA EL EXAMEN PROFESIONAL

DE

JUAN BAIGEN Y SERVIN.

ALUMNO DE LA ESCUELA N. DE MEDICINA

DE MEXICO.

MÉXICO

—

IMPRENTA POLIGLOTA.

—

1880.

DOS PALABRAS.

ASISTIENDO á las lecciones de nuestro sábio maestro el Sr. Dr. D. Manuel Carmona y Valle, recuerdo que llamó siempre mi atencion y fijó mis ideas, una en que trató de un asunto importante y nuevo, desarrollándolo con aquel talento, método y claridad que todos le conocemos.

De él voy á ocuparme en este imperfectísimo trabajo, si bien con la desconfianza de quien lo hace por cumplir una prescripcion que nos impone este deber, y no porque abrigue la vanidad de traer el más débil contingente al valioso tesoro de los conocimientos médicos.

El deseo, por otra parte, de dejar consignadas aquí algunas ideas del Sr. Carmona y Valle, me ha hecho elegir por tema de mi trabajo, las enfermedades del corazon, y á él corresponderán, por lo mismo, las observaciones que en este estudio puedan encontrarse. Mis palabras solo serán el fruto de consideraciones humildes, tales como mi pequeñez es capaz de producirlas.

INTRODUCCION.

LAS enfermedades del corazon, y en especial las del lado izquierdo, se han estudiado ya por autores respetables con tanta perfeccion y exactitud, que cuanto pudiera yo decir acerca de ellas, no sería mas que una repeticion de lo que todos han escrito. Así, pues, únicamente trataré aquí de las del lado derecho, en general poco conocidas y áun algo descuidadas. Todos los autores opinan, y están de acuerdo, que las lesiones que presenta la mitad derecha del corazon, son propagadas de la mitad izquierda de dicho órgano, y hablan tambien de su rareza, como consecuencia á afecciones pulmonares. El Sr.

Carmona dice, y con razon: la mitad derecha del corazon, cuya estructura es tan débil, que por sus relaciones directas é inmediatas con la pequeña cir-circulacion, se encuentra en el mayor peligro de su-frir las consecuencias del aparato respiratorio, debe por esta razon afectarse tanto como la mitad izquier-da, al ménos consecutivamente á las afecciones pul-monares: esto se ve sobre todo al observar que se propagan casi siempre las de las cavidades izquier-das del corazon. Fijándonos desde luego en su es-tructura, observamos menor resistencia en la parte derecha, pues el espesor de sus paredes es tres ve-ces menor que las del lado izquierdo; esto nos indi-ca que sus funciones son ménos enérgicas y que su trabajo es ménos fuerte.

Las válvulas auriculo–ventriculares como las sig-moideas, son tambien de menor resistencia, y en general todas las partes correspondientes á estas ca-vidades, presentan un volúmen ménos considerable que las correspondientes al lado izquierdo, por estar aquellas en relacion con sus funciones. Esto mismo se ve en las zonas fibrosas que constituyen el esque-leto del corazon, notándose tambien que dichas zo-nas fibrosas son ménos resistentes que las del lado izquierdo. En cuanto á las fibras musculares que se encuentran en el interior del corazon, aunque son más numerosas las del lado derecho, son de un volúmen más pequeño. Aunque muy someramente, diré algo de las funciones de tan importante víscera: su funcion principal como órgano central circulatorio, es repartir la sangre en todo el organismo con la impulsion que por su parte comunica á este líquido. Por consiguiente, su trabajo es activo é infatigable. En contraccion y relajacion alternativamente, espulsa la sangre de una á otra cavidad, y de allí pasa á todo el sistema arterial. Este trabajo, que no se hace en silencio, se manifiesta por medio de ruidos que han dado lugar á grandes discusiones y á multitud de teorías, así por su modo de produccion, como el sitio en donde pasan, por el tiempo en que se verifican, y las partes de la víscera que los producen: aquellos ruidos únicos é invariables en el estado normal sufren diferentes modificaciones en el estado patológico, bajo distintos puntos de vista; y nos revelan la alteracion del órgano, su afeccion, y á veces, como sucede en la anemia, el estado avanzado de la enfermedad. Esta particularidad del órgano, que tanto en sus funciones propias como en aquellas que por estar inmediatamente ligadas á las suyas nos indica su padecimiento, llamó la atencion de los inteligentes desde la mas remota antigüedad, desde la cuna de la Medicina; pues Hipócrates, aunque no conoció la auscultacion, ya indicaba la aplicacion del oido, para buscar las revelaciones que por este medio se obtienen. Pero, como sabemos, nuestro siglo ha tenido la gloria, así como el génio creador de Laenec, de producir la auscultacion, medio por el cual tantas y tan exactas revelaciones se consiguen.

Hablaba yo ántes de las teorías que se han emitido para explicar la produccion de los ruidos. Muchas han aparecido sucesivamente. Al principio hubo autores que los atribuyeron al ruido muscular que se desarrolla en el momento de la contraccion; otros, como Pigeaux, Piorry, Gendrin, etc., juzgaban que tenian su orígen en el movimiento que tiene la sangre en el interior del corazon. Magendi creia que eran debidos al golpe que produce el corazon sobre las paredes del torax. Por último, apareció Rouanet, el inventor de la ingeniosa teoría del crujido valvular. Este autor explica así los ruidos: el primero se determina por la tension de la válvula mitral y tri-cúspide, durante el sistole de los ventrículos, y el segundo por la tension de las válvulas sigmóideas, á consecuencia del choque por reflujo de la sangre, producido por relacion de la aorta y de la arteria pulmonal. Esta teoría, que es la mas conforme con las ideas modernas, nos explica mejor aquellos ruidos, auxiliándonos de un modo eficaz, en el diagnóstico de las enfermedades de este órgano.

Sucintamente, y sólo por creerlo necesario, he

enumerado las anteriores teorías; y paso ya á los puntos de mi tésis. Estos serán:

1º Las lesiones del lado derecho del corazon, son tan frecuentes como las del izquierdo, pero siempre de una manera consecutiva, ya á las afecciones de este último, ya á alguna enfermedad pulmonar.

2º Síntomas que revelan el padecimiento, especialmente el esfigmográfico.

3º Breves consideraciones sobre este último.

I.

Las lesiones del lado derecho del corazon, son tan frecuentes como las del lado izquierdo, pero siempre consecutivas, ya á las afecciones de este último, ya á alguna enfermedad pulmonar.

La opinion de que las lesiones del lado derecho del corazon, solo se ven consecutivamente á las del izquierdo, es casi unánime y está reconocida. En efecto gran número de estas afecciones se propagan de las cabidades izquierdas; pero poco se han tenido en cuenta las que son tambien consecutivas á varias afecciones pulmonares. ¡Cuántas de estas se reflejan sobre la mitad derecha del corazon!

No es difícil concebir, que encontrándose la circuculacion pulmonar tan directa é inmediatamente en relacion con estas cavidades, la alteracion que sufra una ú otra, la sufrirá tambien la que no haya sido afectada. El enfísema, por ejemplo, enfermedad que

es muy frecuente en México, se sabe que obstruye
mucho el campo de la circulacion; por consiguiente,
la parte del corazon que impulsa la sangre al órgano respiratorio, no se vaciará por completo, puesto
que el lugar en que tiene que distribuirse ha desaparecido en parte, ó por lo ménos ha disminuido el ca-
libre vascular en la parte comprometida.

En las cavidades derechas del corazon, conteniendo
aún sangre, se producirá una estasis sanguínea, y es
natural que el órgano se dilate en este lugar, para
poder dar cabida á esa mayor cantidad de líquido
sanguíneo.

Esta consecuencia que se vé en cualquiera cavidad del organismo ocupada por un contenido mayor que el de el estado normal, es igualmente producida. Bien sabido es que la mitad izquierda sufre
otro tanto cuando está en igualdad de circunstancias.
En esto además de la ley de analogía, que es tan
frecuente observar en el organismo, se comprende
que la causa es muy mecánica; y no hay razon por
lo mismo para seguir insistiendo. Esto supuesto, creo
que se deben contar como causas etiológicas, de las
lesiones de la mitad derecha del corazon, en primer
lugar, como lo admite Jaccoud, las lesiones consecutivas á enfermedades del pulmon, que como el enfisema, la esclerosis del pulmon, la neumonia crónica
etc. limitan el campo circulatorio; despues vienen

las propagadas por las cavidades izquierdas del corazon.

Estas consideraciones me han inducido á creer que las lesiones de la mitad derecha del corazon pueden observarse y ser tan frecuentes como las de la mitad izquierda, pues, se ve que su patogenia en las causas etiológicas que he señalado antes, se deducen claramente de las leyes fisiológicas relativas á los líquidos del organismo. Una de las causas porque se ha negado la frecuencia de las lesiones correspondientes á la mitad derecha, es la falta de datos para su diagnóstico, pues carecemos de signos precisos para su conocimiento. La auscultacion, que pudiera sernos tan importante en todos los casos, como lo es siempre para el lado izquierdo, no siempre se emplea con éxito pues, á veces, como es lo mas frecuente, ya el lado izquierdo está afectado, y sus ruidos, que de ordinario predominan, nos impiden oir los producidos por los orificios pulmonar ó auriculo-ventricular derecho. Además, afectado el lado izquierdo, sus ruidos sufren una modificacion é intensidad tales, que ocultarán más los del lado derecho, que de por sí son mas débiles, ménos perceptibles y que entónces con mas razon se ocultarán al exámen auditivo. Sin embargo, no niego que hay personas dotadas de un oido muy fino y tan prácticas, á quienes no se escaparía una lesion semejante; pero esto no es lo comun. Estas reflexiones, unidas á las que he dado ya, me animan á asentar, que las lesiones de la mitad derecha del corazon, son tan frecuentes como las de la izquierda, aunque siempre consecutivas ya á una afeccion de la mitad izquierda del corazon, ya á una pulmonar de la clase de las que he mencionado, y las cuales tan frecuentemente se observan en nuestro país.

II.

Síntomas que revelan la lesion, principalmente el esfigmográfico.

Sabido es que los datos que tenemos para diagnosticar las lesiones de la mitad derecha del corazon, no siempre nos dan un resultado seguro, pues como he dicho ántes, con frecuencia los ruidos del lado izquierdo ocultan los del derecho y en este caso solo sirven á personas muy ejercitadas. Sin embargo, autores eminentes como Bonillaud, y Hoppe nos han dejado datos con los cuales ellos precisaban admirablemente la lesion. Aunque en extracto, me ocuparé de ellos, y en pocas palabras voy á repetirlos. Los ruidos que provienen de las válvulas semilunares, se perciben con mucha claridad al nivel de estas válvulas, es decir, aplicando el oido ó el estetoscopio sobre el externon, á la altura del borde inferior de las terceras costillas, cuando el enfermo está acostado y algo mas bajo cuando está de pié. Se conocerá que el ruido viene de las válvulas aorticas, mas bien que de la misma arteria, en que, en el primer caso, el ruido se asemeja mucho á la pronunciacion de una R, y en el segundo, es parecido al de una S, y ademas, que este ruido parece reproducirse mas cerca, casi en la superficie. El soplo pulmonal, ya venga de las válvulas, ya de la misma arteria, como en los casos en que está esta dilatada, se oye siempre cercano y rápido, si la corriente de la sangre es tambien rápida; porque las válvulas, y la arteria se encuentran á poca distancia de la superficie, y además las pulmonales y aorticas, aunque se encuentran en el mismo plano, las primeras están situadas un poco arriba. El soplo de la arteria pulmonal, se percibe mejor debajo del ventrículo derecho, que del izquierdo, lo cual confirma lo dicho ántes. Así, pues, si se hace la auscultacion en los lugares indicados, se averiguará de qué orificio proviene el soplo, y además, se tendrá la ventaja de que en estos puntos se apaga mucho el ruido de las válvulas aurículo-ventriculares, á causa de su situacion mas distante. En cuanto á los ruidos de estas últimas válvulas, se oyen con mas precision en la region precordial; porque estando en contacto el corazon con las paredes torácicas, la percusion dá un sonido macizo; y como la parte mas compacta del órgano, allí se percibirá la mayor macicez. La parte superior izquierda maciza, se halla muy próxima á la válvula mitral, y allí se oirán de preferencia los ruidos provenidos de esta válvula, correspondiendo este punto á la 5ª costilla, y un poco al lado derecho de la tetilla. Si el corazon late á la vista, el mejor punto para aplicar el oido, ó estetoscopio, será un poco mas arriba, como á dos centímetros del lugar en que se vea esta impulsion. La parte derecha del corazon se encuentra mas cerca de la tricúspide; este punto corresponde al externon, al modo que el de la válvula mitral, pero muy á la derecha. Agrega este autor que auscultando abajo, se tiene la ventaja de oir el ruido muy bien, sin temor de que se confunda con el de los orificios arteriales.

En alguna ocasion podria suceder que se oyera el soplo de las válvulas semilunares y se confundiera; porque en este caso, el soplo descenderia al ventrículo: este error puede evitarse fácilmente, subiendo el oido ó el estetoscopio, porque entónces se oirá más y mas distinto dicho soplo. Como se vé, este autor precisa con toda exactitud el sitio afectado; pero conviene advertir que si á veces es posible, hay otras en que se dificulta; y en este caso el diagnósrico queda con cierto carácter de incertidumbre. Además, se han señalado algunos síntomas como característicos de las afecciones cardiacas del lado derecho: entre estos tienen un papel muy principal el el pulso venoso, la inyeccion violada de la cara, los edemas, sobre todo, los de los miembros inferiores, los cuales se desarrollan entónces con más precocidad; otro signo, al que se dá un valor patognomónico, es la *pulsacion hepática* producida por el reflujo de la sangre en la vena cava inferior; pero esto solo en el caso de que la insuficiencia de la válvula tricúspide sea considerable. El esfigmógrafo, que tan señalados servicios presta en las lesiones del aparato circulatorio en general, no lo he visto señalado en ningun autor de los que me son conocidos, dándonos un trazo característico en estas afecciones. Este importante aparato, que casi siempre es el fiel intérprete del corazon ó de alguno de los gruesos vasos, no habia revelado hasta ahora (que yo supiera) la lesion que nos ocupa. El Sr. Carmona, en una de sus lecciones relativas á este punto, nos mostró un trazo tomado en una persona que padecia esta afeccion: al tomar dicho trazo le preocupaba la marcada influencia que en semejantes casos tiene la respiracion sobre la circulacion; y el trazo fué tomado en dos condiciones. En la primera, el enfermo respira como de ordinario; en la segunda, se le obliga á hacer espiraciones é inspiraciones al máximum (Véase trazos números 1 y 2). En el primer caso, el esfigmografo ofrece un trazo ligeremente ondulante, en que la línea de as-

cencion es pequeña y el vértice arredondado; la línea
de conjunto se ve al mismo nivel; en algunos vértices se nota que van perdiendo este nivel y suben
más. El dicrotismo normal del pulso se observa
muy bien. En el segundo caso, haciendo el enfermo
espiraciones é inspiraciones al máximum, el trazo
varía mucho, y no se asemeja ni al primero ni á
ninguno otro, dado por las lesiones de la mitad izqier-
da. Esta diferencia, y las incorrectas consideraciones
á que me ha dado lugar, son el objeto de la tercera
y última parte de mi mal delineado trabajo.

III.

**Breves consideraciones sobre el sín-
toma esfigmográfico.**

Los trazos de la lámina que debo á la bondad
del Sr. Carmona, me han servido á estas modestas
consideraciones. Estudiando el trazo número 1 en
que el enfermo respira al estado normal, se advierte una ondulacion en toda la línea: la de los vértices
se mantiene casi al mismo nivel, la línea de ascencion es muy pequeña y el vértice arredondado; la
línea de descenso mas grande hace notar desde luego el dicrotismo normal. En el 2º trazo de la misma
lámina, así como en todos los que llevan la palabra
respirando, se advierte inmediatamente la enorme
diferencia que presentan respecto de los otros. A pri-

mera vista el trazo nos ofrece suma irregularidad, pero estudiándolo con alguna detencion veremos una perfecta ondulacion, indicio del importante papel que en este caso representa la respircion. La línea de ascenso muy quebrada sube con cierta regularidad hasta el vértice que es bien arredondado y con la particularidad de que á cada pulsacion abandona el nivel que ántes tenia y asciende sucesivamente más y más hasta salirse á veces del papel en que se dibuja el trazo (Véase el trazo número 3). La línea de descenso es parecida á la de ascenso, aunque aproximándose mas á la horizontal y algo mas estendida. Esta es la descripcion que he podido hacer de los trazos que presento, y cuyo descubrimiento se debe al Sr. Profesor de Clínica interna. Ahora bien, lo primero que me ocurrió al hacer su estudio, fué compararlos, con otros de afecciones orgánicas de la mitad izquierda del corazon. De esta comparacion nada saqué, pues no hay ninguno que se le parezca; ensayé en enfermos afectados de lesiones del lado izquierdo del corazon, y no obstante, ninguno me dió un trazo semejante; hice este mismo ensayo en un hombre sano y tampoco me dió el resultado que buscaba. Esto, añadido á las historias que mi apreciable maestro el Sr. Carmona ha tenido la bondad de permitirme publique en esta tésis, como dos autopsias que yo ví, en que el corazon derecho se encontraba dilatado y el enfermo había dado trazos semejantes, me afirmaron en la idea que ya nos habia expuesto mi citado maestro. La influencia que en este caso tiene la respiracion sobre la circulacion, creo que es especial.

En efecto, examinando brevemente las teorías con que los autores mas modernos explican la influencia de la respiracion sobre la circulacion, nos encontramos con la de Ludwig, quien cree, que en el momento de la inspiracion, la sangre es atraida á las arterias y venas, y la presion disminuye en este tiempo para aumentar en el momento de la expiracion. Vierordt encuentra resultados opuestos. Marey, cuya dedicacion y exactitud en sus trabajos esfigmográficos son reconocidos, considera la cuestion bajo varios puntos de vista. Cuando la respiracion no se verifica con libertad, cuando existe un obstáculo, la aspiracion se ejercerá con eficacia sobre todas las partes contenidas en la cavidad torácica, así como las que le son circunvecinas y en particular sobre la sangre aórtica, de manera que disminuya la presion arterial. Pero si la espiracion es lenta y difícil, entónces las vísceras torácicas, encontrándose comprimidas, la sangre será rechazada en la aorta y la tension aumentará áun en las arterias mas lejanas. En el caso que la respiracion sea ámplia, que no haya ningun obstáculo, la aspiracion se ejercerá poco sobre el sistema sanguíneo; además, el diafragma rechazando las vísceras abdominales y comprimiendo la aorta, hará aumentar las arterias que emanen de ella. De estas teorías, creo que ninguna puede dar una explicacion satisfactoria del trazo en cuestion. Examinemos la de Marey cuya autoridad es reconocida; desde luego nos colocariamos en el segundo caso, cuando la espiracion, siendo lenta y difícil, las vísceras torácicas encontrándose comprimidas, la sangre será rechazada en la aorta y la tension aumentará áun en las arterias mas lejanas. Esta teoría no me parece que pueda dar la explicacion buscada, pues aumentando la tension solo la veriamos en un solo tiempo, en la línea de ascencion que traduce el sístole ventricular, y por consecuencia, la impulsion de la honda sanguínea en el sistema arterial, además, esta línea va subiendo con cierta regularidad y la ondulacion es muy marcada; si aquí la tension se verificara principalmente, creo que el trazo daria una línea de ascencion mas ó ménos grande y una línea de descenso en la que se observara la rapidez con que el vaso se desembarazaba de la mayor cantidad de sangre, y en tal caso la ondulacion faltaria, la línea de descenso no seria quebrada ni la línea de conjunto tendria esa diferencia de nivel que es tan característica. La explicacion que el Sr. Carmona nos dió, aunque como él mismo dice, sin estar completamente satisfecho de ella, sí me parece que interpreta el trazo de una manera mas conforme con lo que parece indicarnos. Esta esplicacion es la siguiente: en el momento de la inspiracion, la sangre venosa, por decirlo así absorvida, el sistema capilar libre en este momento del obstáculo que impedia su curso, facilita á la circulacion arterial su trayecto ordinario y en este instante la arteria, verificando su relajacion, hace bajar la palanca del espigmógrafo, y hasta delínea una parte del trazo. Esto es en el momento de la inspiracion; en el de expiracion nos ofrece el caso contrario; el sistema venoso repleto, la sangre arterial es lanzada con mayor fuerza, la arteria dilatándose, hace subir la palanca, y estos dos tiempos, verificándose alternativamente, constituyen esa ondulacion tan marcada, esa irregularidad aparente que á mi juicio es peculiar de las lesiones de que me he ocupado.

Este movimiento puede reproducirse artificialmente, aumentando la presion del esfigmógrafo. Si en el momento de elevacion de la palanca, se produce mayor presion, apretando la cinta del aparato, la palanca sube, de la misma manera que en la arteria cuando llega la sangre; si despues se afloja esta misma cinta, la palanca baja, así como en la arteria, al sufrir la deplesion sanguínea, pues entónces ella misma hace aflojar el aparato

El asunto que ha sido objeto de esta tésis, merece una observacion mas concienzuda y detallada.

No habiendo dispuesto del tiempo necesario para el estudio de este signo, por ser muy reciente, cábeme al ménos la satisfaccion de indicarlo, tanto por pertenecer á la Patología nacional, como por ser obra de un Profesor de nuestra Escuela; pidiendo, sí, á los lectores, que si algun error encuentran en estas páginas, lo atribuyan á mi insuficiencia, que tal vez no ha sabido interpretar debidamente las sábias enseñanzas del Sr. Carmona y Valle.

OBSERVACIONES.

I.

F. G. de 50 á 55 años de edad, está afectado de un enfisema pulmonar muy antiguo. Por sus antecedentes nos manifiesta haber padecido váhidos, palpitaciones y catarros muy frecuentes. Su aspecto exterior revela una inyeccion violada muy marcada, sobre todo en los labios; ha tenido ligeros derrames en los miembros inferiores. Por el exámen físico, se nota además de los signos propios del enfisema pulmonar, una matitez de la region precordial, que se extiende transversalmente hácia el lado derecho, en todo el esternon y un poco fuera de él. El pulso venoso se observa igualmente. Los trazos relativos á esta historia, están marcados con los números 1, 2 y 3.

II.

M. N. es una enferma asmática, á cuya consecuencia ha sobrevenido un enfisema pulmonar. Su edad es como de 40 á 45 años, y refiere que de muchos años á esta parte, siente desvanecimientos, palpitaciones y váhidos con frecuencia. Como en la observacion anterior, tambien se nota el edema de los miembros inferiores y la inyeccion violada de la cara, acompañada del pulso venoso. El exámen físico revela una matitez en la parte correspondiente al esternon y un poco á la derecha, ascendiendo hasta cerca de la clavícula de este lado. Ni en este caso, ni en el anterior, se oye ningun soplo.

Esta enferma tiene épocas en que se le nota un gran alivio, poniéndose su circulacion en un estado muy mejorado.

III.

La cama núm. 26 de la Sala de Clínica interna fué ocupada el 28 de Julio de 1879, por Roque Martinez, natural de México, de 48 años de edad, y de oficio hornero de panadería. Por sus antecedentes refiere haber padecido pulmonía, de la cual curó. Agrega que hace dos meses padeció tos, se sentía con fatiga y arrojaba esputos sanguíneos. Despues notó que la fatiga le aumentaba, y que se le hinchaban las piernas, lo cual le obligó á entrar al hospital. Su aspecto exterior, parece de un elenfanciaco, sus cejas escasas, borde de los párpados arredondados y algunas eminencias en la piel; los piés moderadamente edematosos y rojizos; el edema duro sube hasta las rodillas. La piel del resto del cuerpo está endurecida, notándose vestigios de alguna erupcion cutánea general. La sensibilidad se encuentra embotada en algunos puntos. Pasando al exámen físico, se pudo notar el lado derecho del torax, deprimido; en el izquierdo, ligero abovedamiento abajo y atrás. La mensuracion en la base dá de 4 á 5 centím. más en favor del lado izquierdo, excepto en el abovedamiento de la base; en el ángulo del omóplato, hácia arriba, se observa una ligera oscuridad. La respiracion, débil en el lado derecho, excepto en la base, donde hay una crepitacion inspiratoria; en el lado izquierdo la respiracion es áspera y algo soplante, al nivel de la 8.ª vértebra dorsal, en donde eí sonido es oscuro. En el abovedamiento de la base, ausencia de todo ruido. En este mismo lado las vibraciones son normales, notándose exageradas en el lado derecho. En la parte anterior se observan fenómenos análogos; la macicez precordial es notable desde la 3.ª costilla hasta la punta, donde se confunde con la matitez de la base del pulmon correspondiente. No hay impulsion, los ruidos son muy débiles y al parecer profundos. Al primer tiempo, soplo suave que tiene su máximun en la primera pieza del esternon, propagándose aunque débilmente hácia las carótidas y ambos vértices. El pulso es amplio y algo duro, pareciendo mas lleno en el lado derecho. Puede observarse una anomalía de la arteria humeral pues en el tercio superior al fin, se hace superficial hasta el pliegue del codo, y se ven los latidos y sinuosidad de dicha arteria.

El sistema venoso es lleno, sobre todo cuando el enfermo se acuesta. El trazo en este caso se modifica con la respiracion, de una manera semejante á los que se ven en la lámina. A este enfermo, además de la dilatacion del corazon derecho, se le diagnosticó neumonia intersticial del pulmon del mismo lado.

IV.

El dia 20 de Agosto de 1878 fué ocupada la cama núm. 9 de la Sala de Clínica interna, por Nicolás Hernandez, soltero, de 40 años, natural de Santiago Tianguistengo, y de oficio barbero. Recogiendo sus antecedentes, nos refiere que á la edad de 10 años tuvo un ataque de reumatismo articular febril, quedando sano al parecer; á los 10 años de esta afeccion, padeció abundantes hemorragias por la nariz; posteriormente, hace 5 años estando durmiendo, se paralizó del lado derecho y perdió el habla, que fué volviendo poco á poco, así como los movimientos, excepto la mano derecha que estaba bastante torpe. Tres años despues tuvo otro ataque semejante al anterior, y entónces fué el lado izquierdo en el que quedó la parálisis, pero tambien desapareció paulatinamente; en esta fecha solo la mano derecha es la que aún está torpe. La palabra, aunque es lenta, es fácil. Agrega que solo hace 16 dias le sobrevino un catarro, y desde el dia siguiente se le hincharon las piernas y el brazo derecho. En la misma época se sintió con tos y mucha fatiga. Al entrar al hospital se le sangró y se le administraron algunos béquicos. Pasando al exámen físico, se descubre matitez en la primera pieza del esternon, que descendiendo, invade un poco la mitad derecha del torax; en la region cardiáca la macicez se confunde con la de una faja tambien maciza, que sigue la direccion del 4.° espacio intercostal hasta la columna vertebral. Por la auscultacion se notan estertores sonoros y mucosos abundantes en los puntos ocupados por el pulmon, pero en la base del derecho son crepitantes. En la faja maciza de la base del pulmon izquierdo, hay ausencia de murmullo vesicular y de resonancia de la voz. En la macicez anterior hay impulsion profunda y sorda sin ruido de soplo. Además, se nota la inyeccion violada de la cara y una disnea considerable. A este enfermo se le administraron unos pozuelos compuestos de: Frutos pectorales 700. 00, tártaro 0. 05. Goma guta 0. 25, Jarabe simple c. b. y localmente un vejigatorio en la parte anterior del torax. El trazo se modificaba tambien por la respiracion, siendo muy parecidos á los de las dos primeras observaciones. El dia 25 el estado general era el mismo; la percusion se nota que desde la parte superior del esternon, los dos pulmones están separados por una estension algo mayor que la del esternon y al nivel del 4.° espacio intercostal, forman una onda de convexidad interna; el derecho, y el izquierdo dos convexidades, una superior mas grande que la inferior, y dirijida esta convexidad hácia la columna vertebral. Los estertores crepitantes gruesos del edema, predominan. El color violado de la cara ha desaparecido, pero la disnea persiste. Se le han administrado cucharadas tónicas, y

despues se le agregaron 3 píldoras de Anderson en las mañanas.
Su estado general cada dia peor y la disnea aumentando, hicieron sucumbir al enfermo.

AUTOPSIA.

En la autopsía se encontró un gran depósito de grasa en los mediastinos y en el corazon; los pulmones muy congestionados; en los vasos gruesos no se nota ninguna lesion, y al parecer están sanos. El corazon derecho sumamente dilatado y lleno de una sangre negra.

NOTA. — Estas historias están formadas de los datos que el Sr. Carmona ha tenido la bondad de facilitarme.

México, Mayo de 1880.

Juan Baigen y Servin.